Alexa Gougougaga

De la même auteure chez Québec Amérique

Jeunesse

SÉRIE CHARLOTTE

La Nouvelle Maîtresse, coll. Bilbo, 1994.
La Mystérieuse Bibliothécaire, coll. Bilbo, 1997.
Une bien curieuse factrice, coll. Bilbo, 1999.
Une drôle de ministre, coll. Bilbo, 2001.
L'Étonnante Concierge, coll. Bilbo, 2005.

SÉRIE ALEXIS

Marie la chipie, coll. Bilbo, 1997.
Valentine Picotée, coll. Bilbo, 1998.
Toto la brute, coll. Bilbo, 1998.
Roméo Lebeau, coll. Bilbo, 1999.
Léon Maigrichon, coll. Bilbo, 2000.

SÉRIE MARIE-LUNE

Les grands sapins ne meurent pas, coll. Titan, 1993.
Ils dansent dans la tempête, coll. Titan, 1994.
Un hiver de tourmente, coll. Titan, 1998.

Maïna – Tome I, L'Appel des loups, coll. Titan+, 1997.
Maïna – Tome II, Au pays de Natak, coll. Titan+, 1997.
Ta voix dans la nuit, coll. Titan, 2001.

Adulte

Du Petit Poucet au Dernier des raisins, coll. Explorations, 1994.
La Bibliothèque des enfants, Des trésors pour les 0 à 9 ans, coll. Explorations, 1995.
Maïna, coll. Tous Continents, 1997.
Marie-Tempête, coll. Tous Continents, 1997.
Le Pari, coll. Tous Continents, 1999.

Alexa Gougougaga

DOMINIQUE DEMERS
ILLUSTRATIONS : PHILIPPE BÉHA

QUÉBEC AMÉRIQUE Jeunesse

Catalogage avant publication de Bibliothèque et Archives Canada

Demers, Dominique
Alexa Gougougaga
(Bilbo ; 148)
ISBN 2-7644-0421-2
I. Titre. II. Collection : Bilbo jeunesse ; 148.
PS8557.E468A83 2005 jC843'.54 C2005-940716-6
PS9557.E468A83 2005

Nous reconnaissons l'aide financière du gouvernement du Canada par l'entremise du Programme d'aide au développement de l'industrie de l'édition (PADIÉ) pour nos activités d'édition.

Gouvernement du Québec – Programme de crédit d'impôt pour l'édition de livres – Gestion SODEC.

Les Éditions Québec Amérique bénéficient du programme de subvention globale du Conseil des Arts du Canada. Elles tiennent également à remercier la SODEC pour son appui financier.

Québec Amérique
329, rue de la Commune Ouest, 3e étage
Montréal (Québec) H2Y 2E1
Téléphone : (514) 499-3000, télécopieur : (514) 499-3010

Dépôt légal : 3e trimestre 2005
Bibliothèque nationale du Québec
Bibliothèque nationale du Canada

Révision linguistique : Diane Martin
Mise en pages : André Vallée – Atelier typo Jane

Pour Yohan

1
Henri la vedette

Mon ami Henri m'énerve souvent. Et c'est toujours pour la même raison. Monsieur se pense bon !

Non. Pas juste bon. Extraordinaire ! Épatant ! Meilleur que tout le monde !

Depuis qu'il est né, Henri rêve d'être une vedette de la Ligue nationale de hockey. Mais au lieu de s'exercer à compter des buts sur une patinoire, il s'amuse à attirer l'attention dans la cour de récréation.

Aujourd'hui, je discutais tranquillement avec Leonid,

Émilie et Katarina. On parlait des prochaines vacances. Émilie veut faire du ski. Katarina rêve d'aller voir ses grands-parents en Espagne. Et Leonid donnerait n'importe quoi pour participer à un camp d'entraînement à vélo donné par Luigi Marinoni.

Moi, j'ai un milliard d'idées. Les vacances, c'est mon sujet préféré. Mais le premier projet auquel j'ai pensé, c'est Disney. Ça fait des années que j'achale mes parents pour qu'on visite le Royaume de Disneyworld en Floride.

J'en ai tellement envie que ça ne me dérange presque pas qu'on emmène aussi ma petite horreur de sœur. Marie-Cléo ! Une catastrophe de quatre ans et demi à deux pattes. Marie-Cléo serait prête à échanger toutes ses poupées Barbie contre un autographe de Minnie la souris, la blonde de Mickey.

Moi, les autographes de souris, ça ne m'excite vraiment pas. Ce qui m'attire à Disney, c'est le super manège dont m'a parlé mon cousin Simon : le Gouffre aux mille pièges ! Neuf minutes et demie de sensations explosives. Et on peut y retourner vingt fois dans la même journée.

Je n'ai pas eu le temps de décrire le Gouffre aux mille pièges à mes amis parce que Henri est arrivé. Et, comme d'habitude, il a volé toute l'attention.

— Qui veut voir la photo de ma sœur ? a-t-il demandé.

Je n'ai pas répondu parce que j'étais un peu perdu. Henri n'a pas de sœur. Il est enfant unique.

Et pourtant, Henri brandissait une photo. En voyant la photo, j'ai éclaté de rire. C'était la photo la plus ratée que j'aie jamais vue. Il y avait presque rien que du noir dessus ! Avec des petites ombres floues, comme des nuages. C'est tout.

Je n'ai pas pu m'empêcher de me moquer de lui.

— T'es un vrai pro, Henri !

Henri ne s'est pas fâché. Ça m'a étonné. Au lieu de ça, il a expliqué, du ton de quelqu'un qui se croit très important :

— C'est une photo de ma sœur à douze semaines et demie ! Ça s'appelle une é-cho-gra-phie !

Du coup, j'ai compris. C'était une photo du bébé dans le ventre de sa mère. Ils font ça dans les hôpitaux.

— Comment sais-tu que c'est une fille ? a demandé Émilie.

Là, Henri a rougi.

— Ben, pour nous, c'est dur à voir… Mais les spécialistes, dans les hôpitaux, ils peuvent voir si… ben si… il y a un zizi !

En entendant le mot zizi, Lauralie, William, Hortense, Sacha et Lucas se sont approchés. Du coup, Henri a recommencé à se vanter.

— C'est ma sœur ! a-t-il répété en désignant un petit nuage laid sur l'image. Elle va venir au monde cet été.

— Chanceux ! s'est exclamée Katarina.

Elle regardait Henri comme s'il était Billy Baldao, l'acteur qui fait capoter toutes les filles.

J'avoue que j'étais jaloux. J'aurais presque voulu avoir une autre horreur de sœur, juste pour que Katarina me regarde comme ça.

Mais tout a changé quand William a lancé :

— Un bébé, c'est dégueu.

Henri n'a rien dit, mais si ses yeux avaient été des pistolets, William serait tombé – paf ! – raide mort.

— Un bébé, c'est dégueu, a répété William. Je le sais : j'en ai un chez nous.

Tout le monde avait très hâte d'en apprendre davantage sur les bébés, mais c'est là que la cloche a sonné.

2
Un bébé dégueu?

Jusqu'à tout à l'heure, j'étais d'excellente humeur. J'avais oublié Henri et son histoire de bébé sœur. Pour souper, maman avait préparé une super lasagne à la viande et aux trois fromages avec en plus une grosse tarte au sirop d'érable pour dessert.

Un vrai repas de fête. Juste comme ça ! Pour rien.

Enfin, je pensais que c'était pour rien. J'ai compris, depuis, que mes parents préparaient quelque chose en secret.

J'aurais dû m'en douter. Ils étaient un peu étranges au souper. D'habitude, mes parents ont juste l'air de deux parents. Ce soir, ils avaient plutôt l'air de deux amoureux. Mon ange par-ci, mon petit minou par-là. Des petits rires par-ci et un bisou par-là.

Tout à l'heure, j'ai compris.

J'avais allumé ma lampe de poche pour lire un livre de blagues en cachette. Mes parents pensaient que je dormais. Et parce qu'ils pensaient que je dormais, ils ont parlé de leur projet secret.

Je n'ai pas tout entendu, mais c'est bien assez pour m'inquiéter.

Mes parents ont discuté d'un projet qui pourrait changer la

vie de notre famille. Un projet « excitant », d'après maman, mais qui va coûter cher et demander beaucoup d'énergie. Ça, c'est papa qui l'a dit.

J'ai réfléchi très fort. Et soudain, j'ai trouvé.

Mes parents veulent faire un bébé !

Et je ne suis pas du tout sûr que ça soit excitant. Je ne suis pas enfant unique comme Henri, moi. J'ai déjà une sœur. Et je sais qu'une sœur, c'est loin d'être comique.

Une sœur, ça pleure. Une sœur, ça vole toute l'attention. Une sœur, ça regarde toujours les mêmes films plates à la télévision. Comme *La Petite Sirène*, *La Belle au bois dormant* ou

Cendrillon. Une sœur, ça vous suit partout. Une sœur, ça se mêle de vos affaires.

Résumé : une sœur, c'est déjà trop.

Et là, mes parents veulent faire une autre enfant ?

AU SECOURS !

3
La machine à crottes

J'avais très hâte de parler à William. Mais, ce matin, il n'était pas dans la cour d'école quand la cloche a sonné. William est arrivé pendant que notre professeur, Macaroni, donnait la dictée.

À la récréation, il nous a expliqué :

— Mon bébé frère a pleuré toute la nuit ! J'étais tellement fatigué ce matin que ma mère m'a laissé dormir.

L'explication m'a donné des frissons. Et moi qui pensais que seules les filles étaient braillardes !

William avait l'air désespéré :

— Un bébé, ça fait juste trois choses : brailler, bouffer et crotter.

Aïe aïe aïe ! Beau programme ! ai-je pensé.

Katarina n'était pas du tout d'accord avec William.

— Un bébé, c'est doux, c'est chaud, c'est mignon. Je le sais, notre voisine a un bébé.

William ne s'est pas laissé impressionner :

— Le premier jour, moi aussi, je pensais que c'était mignon. Jusqu'à ce que mes parents déposent mon bébé frère dans mes bras. Et là…

Nous étions tous suspendus à ses lèvres. On aurait dit qu'il faisait exprès.

— Et là… quoi ? ai-je demandé.

— Et là, il y a eu un bruit d'explosion terrible, a raconté William. Comme un grondement de volcan. Et puis là…

— Et puis là… quoi ? l'ai-je pressé.

— Là, mon bébé frère a rempli sa couche d'un coup. Ça sortait de partout. Je n'ai jamais rien vu d'aussi dégoûtant.

— Beurk ! Dégueu ! ont gémi en chœur Lauralie et Émilie.

Encore une fois, Katarina n'était pas du même avis.

— Tu exagères, William.

— Pas du tout, a répliqué William. Un bébé, c'est juste une machine à crottes.

Les amis ont ri. Mais pas moi. J'étais de plus en plus terrorisé à l'idée d'avoir un bébé.

C'est là que Lucas en a rajouté.

— Un bébé, c'est aussi une machine à rots !

Pour bien illustrer son propos, Lucas s'est forcé à faire un énorme rot.

Encore une fois, tout le monde a ri. Sauf moi. Et Henri.

On l'avait oublié, lui.

— C'est juste drôle, un rot, a protesté Henri.

— Un rot, ça va, a répondu Lucas. Mais après, les bébés, ça régurgite !

— Ça… quoi ? a demandé Henri, visiblement inquiété.

— Ça ré-gur-gi-te ! C'est comme du petit vomi qui sort de leur bouche.

— Beurk ! Dégueu ! ont gémi en chœur toutes les filles.

J'en avais moi-même des nausées.

Quand la cloche a sonné, j'étais décidé. J'ai arraché une page de mon cahier de français et j'ai écrit :

Opération BÉBÉ

But : convaincre mes parents qu'un bébé, c'est une bien mauvaise idée et que deux enfants, c'est déjà assez.

Méthode : être très tannant pour les décourager d'avoir un autre enfant.

Date : aujourd'hui, demain et jusqu'à ce que ma mission soit totalement accomplie.

Matériel : toute l'intelligence et la créativité de l'incomparable Alexis Dumoulin-Marchand.

4
E-xé-cra-ble!

J'ai appris un mot nouveau. Il est sorti de la bouche de ma mère avec la force d'un météorite.

— Alexis, tu es e-xé-cra-ble !

J'ai cherché dans le dictionnaire, mais rien qu'au ton de ma mère, je devinais que ce n'était pas un compliment.

C'était parfait ! J'étais comblé. Exécrable, c'est comme détestable. Ça voulait dire que mon plan fonctionnait.

Pour commencer, j'ai fait plein de détours après l'école afin d'être sûr d'arriver en retard. Ma mère s'inquiète au bout de trente secondes. Là, elle m'attendait depuis trente minutes. Un peu plus et elle alertait les policiers et les services secrets.

Au souper, j'ai dit que les brocolis goûtaient le vomi. Du coup, Marie-Cléo a refusé d'en manger. Et maman s'est fâchée.

Ensuite, j'ai insisté pour regarder une émission en anglais, juste pour que ma sœur rate ses dessins animés préférés. Marie-Cléo a hurlé, supplié, tapé du pied, mais je n'ai pas cédé. C'était vraiment la guerre quand mon père est arrivé. Finalement, il a débranché le téléviseur tellement il était exaspéré.

J'ai fait semblant d'être furieux, mais au fond c'était parfait. Ça voulait dire que mon plan fonctionnait.

À la fin, j'ai peut-être un peu exagéré. J'ai versé la moitié de la bouteille de bain moussant de maman dans la baignoire. Puis, j'ai fait couler l'eau avec un jet puissant et j'ai rempli la baignoire jusqu'au bord. Ensuite ? Disons que j'ai pratiqué ma natation.

La mousse a rapidement débordé, envahi le plancher, coulé sous la porte et glissé jusqu'au salon.

C'est là que ma mère aussi a débordé :

— Alexis, tu es e-xé-cra-ble !

Maman semblait tellement déprimée que j'ai eu un peu honte. Pour m'encourager, j'ai repensé à tout ce que William avait raconté. Et je me suis imaginé avec une machine à crottes dans les bras.

Ah non ! Pas ça !

Alors, avant de m'endormir, j'ai utilisé toute mon intelligence et toute ma créativité pour planifier la prochaine journée. Il fallait que cette fois je sois encore plus e-xé-cra-ble.

5
Super gâteau à la Alexis

Le samedi, on a plus de temps. C'est encore plus facile d'être tannant.

Pour commencer, je me suis réveillé très tôt et j'ai monté le volume de la télé. Ça tombait bien, on jouait une nouvelle série de dessins animés : *Alerte à Maliba.* C'est plein de monstres qui se font la guerre. Et tout le monde sait que la guerre, ça fait un bruit d'enfer.

— Baisse le son, Alexis ! a crié papa.

J'ai joué à celui qui n'entend pas. Finalement, mes deux parents se sont levés, suivis de Marie-Cléo.

— Es-tu zourd, Alexzis ? a marmonné ma sœur encore à moitié endormie.

— Tu pourrais respecter notre sommeil, a grogné mon père.

J'ai failli lui répondre qu'ils auraient encore plus mal dormi avec une machine à crottes sous le même toit. Au lieu de ça, j'ai simplement pris mon air le plus innocent.

Plus tard, ma mère est allée faire des courses et mon père s'est enfermé dans son bureau pour régler des factures. Comme chaque fois, il en a profité pour se plaindre :

— Sainte Citrouille que la vie coûte cher.

Et pourtant, il voudrait un autre enfant ! Ce n'est vraiment pas logique, les parents.

J'ai attendu que mon père soit dans son bureau pour mettre à exécution mon plan génial. J'allais préparer un gâteau. C'est gentil, non ? Mes parents ne pourraient pas me chicaner. Mais comme je suis nul en cuisine, sauf pour mon fameux triple-sandwich-super-spécial-Alexis, j'allais, disons... laisser des traces.

J'ai choisi une recette de gâteau au chocolat dans le livre de maman. J'ai beaucoup cherché pour trouver tous les ingrédients. La farine était cachée derrière un pot mal fermé de sucre en poudre. Résultat ? Le pot de sucre s'est renversé. Et en trois minutes, toute la cuisine s'est enneigée. Je n'avais même pas fait exprès.

J'avais réussi à combiner les trois premiers ingrédients dans un bol quand la petite calamité est arrivée.

— Alexzis ! Alexzis ! Tu vas te faire dizputer !

J'ai pris mon ton le plus convaincant :

— Mais non, Marie-Cléo, t'as pas compris. C'est une surprise. Papa et maman vont être contents !

— Z'veux t'aider ! Z'veux t'aider !

Pour avoir la paix, j'ai installé la petite horreur dans un coin avec de la farine et de l'eau.

— Prépare un gâteau pour tes poupées Barbie, que je lui ai dit.

Ma sœur était ravie. Elle m'a regardé avec de grands yeux adorateurs et elle a soufflé d'une petite voix de souris :

— Merzi, Alexzis !

Après, je l'ai oubliée. C'est quand même amusant de cuisiner !

Le plus difficile, c'est de casser des œufs. J'ai dû recommencer dix fois. À la fin, il y avait des bouts de coquille partout.

La recette demandait une cuillerée à thé de levure artificielle. C'est une poudre chimique qui fait gonfler le gâteau. J'ai pensé que ce serait plus amusant si le gâteau levait plus haut. Alors j'en ai mis dix fois plus.

À la fin, j'étais plutôt fier de moi. J'avais presque oublié l'opération BÉBÉ. Je voulais seulement faire plaisir à mes parents avec mon super-gâteau-à-la-Alexis. J'ai enfilé des mitaines isolantes et j'ai été très prudent en mettant le gâteau au four.

J'allais enfin prendre un repos bien mérité quand je me suis rappelé que j'avais une sœur. Je me suis tourné vers Marie-Cléo et là... j'ai poussé un cri d'horreur !

6
Volcan au chocolat

Ma sœur s'était transformée en yéti. L'abominable femme des neiges ! Elle avait de la glu blanche partout sur le visage et plein les cheveux. Ma mère allait piquer une crise de nerfs en l'apercevant.

J'ai essayé de nettoyer ma sœur. C'est là que j'ai découvert que la farine mélangée à de l'eau, ça fait… de la colle ! Et la colle dans les cheveux de Marie-Cléo, avec toutes ses petites couettes et ses barrettes, ça fait… une catastrophe.

J'ai essayé d'être délicat, mais Marie-Cléo grouillait plus qu'un ver de terre. Alors j'ai tiré un peu fort avec un peigne pour ôter un paquet de colle entre deux barrettes. Ma sœur s'est mise à hurler comme si je lui arrachais les yeux.

C'est exactement à ce moment-là que mon père a eu la brillante idée de venir voir ce qui se passait.

— ALEXIS ! Arrête immédiatement ! a-t-il crié en nous découvrant.

Je voulais lui expliquer que je n'étais pas en train d'assassiner ma sœur. Mais je n'ai pas pu parce qu'un bruit de sirène a envahi la cuisine. Comme s'il y avait un incendie !

Je me suis tourné vers le four. Et là, mon cœur a monté en ascenseur.

J'avais été tellement occupé par Marie-Cléo que j'avais oublié le gâteau. La pâte avait gonflé et gonflé et gonflé encore. Puis elle avait débordé et débordé et débordé encore.

Quand mon père a ouvert la porte du four, la fumée et l'odeur de brûlé nous ont coupé le souffle.

Et c'est là que ma mère est entrée. Juste comme la lave au chocolat coulait du four comme d'un volcan.

7
La petite chose

J'ai passé presque toute la journée comme un prisonnier.

— Va réfléchir dans ta chambre, Alexis ! avait lancé papa de sa plus grosse voix. La prochaine fois, tu y penseras avant de faire des dégâts.

J'aurais voulu répondre à mon père que lui-même devrait réfléchir avant de fabriquer un autre enfant. Mais une petite voix m'a soufflé que c'était mieux de ne pas parler.

J'ai enduré ma punition avec le courage des grands hommes qui savent poursuivre leur mission. Malgré tout, j'avais le cœur écrapouti en fin d'après-midi quand ma tante Chloé et mon oncle André sont arrivés. Ils sont super gentils et on ne les voit pas souvent parce qu'ils habitent en Abitibi.

Heureusement, mes bourreaux m'ont libéré. Maman m'a appelé :

— Viens, Alexis. Viens voir le beau bébé !

Un bébé ?! Je me suis souvenu tout d'un coup que ma tante Chloé avait l'air d'une baleine la dernière fois qu'elle était venue. Depuis, elle avait dû accoucher et maintenant, mon oncle et ma tante venaient nous montrer leur petite machine à crottes adorée.

En marchant vers le salon, je me suis promis de ne pas prendre la chose dans mes bras. Au cas où elle choisirait justement ce moment pour remplir sa couche.

Ils étaient tous totalement gagas devant le bébé. Mon oncle et ma tante semblaient aussi fiers que s'ils venaient de remporter la coupe Stanley. Ma mère n'arrêtait pas d'inventer des compliments. Et Marie-Cléo baragouinait n'importe quoi comme si la chose pouvait comprendre.

— Bonzour, le bébé ! Bonzour, le zentil bébé ! Alexzis ! Dis bonzour au bébé.

Je m'attendais un peu à ça. Les filles prennent les bébés pour des poupées.

Celui qui m'a surpris, c'est mon père. Il était penché au-dessus de la petite chose et il lui parlait dans une langue idiote inventée exprès pour les bébés.

— Gougougaga, le bébé, gazouillait-il. Didididada. Gagagougou.

Aïe aïe aïe ! Je n'en revenais pas. J'avais presque honte de mon père.

— Veux-tu le prendre dans tes bras, Alexis ? a soudain offert mon oncle André.

Dans ma tête, j'ai crié : NON ! Mais aucun son n'est sorti de ma bouche. Peut-être parce que j'étais gêné. Tout le monde me regardait. Tout le monde s'attendait à ce que je sois content.

Ma tante m'a installé dans un fauteuil et, avant même que j'aie eu le temps de réagir, je me suis retrouvé avec le bébé dans les bras.

C'était léger. Et chaud. Et… ça ne pleurait pas. Fiou !

Je me suis mis à observer le bébé de plus près. Il était tellement bien emballé dans trois millions de couvertures qu'on ne voyait pas grand-chose.

Ce qui dépassait était minuscule : le nez, les lèvres, les sourcils, les cils. Tout du vrai, mais en miniature. C'était plutôt mignon.

Mais je me méfiais. William l'avait bien dit. Au début, c'est normal de trouver ça mignon. Jusqu'à ce que…

Pour éviter la catastrophe, j'ai demandé :

— Est-ce qu'il va faire caca ?

Mon oncle et ma tante ont ri.

— Non. C'est déjà fait. On vient tout juste de le changer.

J'ai soupiré un peu. Et, du bout du doigt, j'ai caressé son front, ses joues, le bout de son nez. C'était plus doux que les poils de Batman, ma gerboise. Plus doux que les poils les plus doux de ma chatte Biboule.

Et puis soudain, le bébé a ouvert les yeux. Il m'a regardé en fronçant les sourcils. J'ai eu très peur qu'il se mette à brailler.

Mais non. Au lieu de ça, il m'a souri. Et, franchement, c'était une des plus jolies choses que j'aie jamais vues.

Marie-Cléo se lamentait pour prendre le bébé. Ma tante a suggéré que c'était son tour. J'ai fait celui qui n'entend pas.

Je venais de découvrir ses mains. C'était fascinant. J'aurais eu besoin d'une loupe pour apprécier tous les détails. D'un doigt, j'ai flatté le petit poing fermé.

Le bébé a eu l'air d'aimer ça. Sa main s'est ouverte et il a pris mon doigt. Et il l'a serré très fort.

Ça m'a fait tout drôle. Comme si je me transformais en caramel fondant.

J'ai demandé à tante Chloé :

— Il s'appelle comment ?

— C'est une *elle*, a répondu ma tante. On a choisi son nom

en pensant à toi. Elle s'appelle Alexa.

C'est là que je suis devenu complètement gaga. J'ai craqué pour Alexa.

8
Le fameux plan secret

J'étais dans mon lit. Je repensais à Alexa. À Henri. À William. À Lucas. Et à Katarina.

Un bébé, c'est doux, c'est chaud, c'est mignon, avait dit Katarina. Il me semblait maintenant que c'est elle qui avait raison.

Je me demandais si je préférais un bébé sœur ou un bébé frère. Alexa était vraiment mignonne. Mais si j'avais un bébé frère, je pourrais lui apprendre à jouer au soccer. Et au hockey. Je pourrais lui servir d'entraîneur. Ou d'agent. C'est très payant, le métier d'agent.

Ma porte s'est ouverte.

— Dors-tu, Alexis ? a demandé maman.

J'ai fait semblant.

Ma mère est venue m'embrasser.

— Bonne nuit, mon petit coco.

J'ai continué de faire semblant.

Après, j'ai entendu mes parents chuchoter dans leur chambre. Au début, je n'écoutais pas. Mais soudain, des mots m'ont accroché.

— On devrait laisser tomber, disait maman. Les enfants sont encore jeunes.

Mon plan avait fonctionné. Ils allaient changer d'idée. Il n'y aurait pas de bébé.

Le pire, c'est que je n'étais même pas soulagé.

— Tu as raison, mon amour, disait maintenant papa. Surtout qu'Alexis est nerveux depuis quelque temps. On n'ira pas à Disneyworld cette année.

QUOI ?! J'étais totalement perdu.

Et puis subitement, en un éclair, j'ai compris. Leur projet, ce n'était pas un bébé. C'était Disney ! Et maintenant, à cause de moi, ils voulaient tout annuler.

Mon cœur s'est mis à cogner comme un fou. Il fallait que j'empêche cette nouvelle catastrophe. Et vite !

Je n'avais pas le temps d'inventer un plan. Alors, j'ai foncé vers la chambre de mes parents.

— Vous n'avez pas compris ! C'était pour l'opération Bébé. Je voulais vous empêcher. Je ne suis pas nerveux. Je me sens merveilleux.

Mes parents m'ont regardé comme si j'étais un extraterrestre à lunettes.

— De quoi parles-tu, Alexis ? a demandé mon père.

J'ai tout répété, en faisant de gros efforts pour m'exprimer lentement et calmement.

Quelque chose n'allait pas. Enfin… C'était difficile à expliquer.

Mon père avait une lueur… étrange dans ses yeux.

Ma mère avait un sourire… mystérieux.

Et puis, j'entendais des bruits... bizarres.

C'est là que Marie-Cléo est sortie de sa cachette sous le lit en riant comme une otarie. Dans ses mains de petite chipie, elle tenait une feuille de papier. Celle où j'avais noté tous les détails de l'opération Bébé !

D'un coup, j'ai failli pendre ma sœur par les couettes. Ma mère lui a sauvé la vie.

— C'est moi qui ai trouvé ton plan en faisant le ménage de ta chambre, Alexis.

— La prochaine fois que quelque chose t'inquiète, tu devrais nous en parler, a ajouté papa.

Mes parents ont échangé un long regard. Puis ils m'ont observé.

Longtemps.

J'attendais. Je n'osais presque plus respirer.

Soudain, maman a fouillé sous son oreiller. Elle a pris une enveloppe et elle me l'a tendue.

Dedans, il y avait... des billets d'avion. Des billets pour Disneyworld !

J'ai entendu mes parents dire que ça dépendait quand même de notre comportement, à ma sœur et à moi. Qu'un voyage, ça peut toujours s'annuler. Je devais leur prouver que j'étais capable de passer quelques semaines sans faire de dégât. Et blablabla.

Je n'écoutais pas. Au lieu de ça, je me suis jeté dans les bras de mes parents et je les ai serrés très fort.

Après, parce que j'étais vraiment épouvantablement heureux, j'ai pris mon monstre de sœur, l'horreur Marie-Cléo, la calamité Marie-Cléo, et je lui ai donné un gros bec sur la joue.

J'ai très hâte d'expérimenter le Gouffre aux mille pièges, le super manège dont m'a parlé mon cousin Simon. Mais avant, je dois absolument inventer un nouveau plan.

Tu devines ? Eh oui ! Un plan pour convaincre mes parents que deux enfants, ce n'est pas vraiment suffisant.

Fiches d'exploitation pédagogique

Vous pouvez vous les procurer sur notre site Internet à la section jeunesse/matériel pédagogique.

www.quebec-amerique.com

Achevé d'imprimer au Canada
en juillet deux mille cinq
sur les presses de Quebecor World Lebonfon
Val-d'Or (Québec)